好年華

Good
Time

音樂不是娛樂那麼簡單，是生命裡面一個節奏；無論你是一個多麼繁忙的人、怎麼樣顧著賺錢的人，都不可以沒有音樂。

——家駒（1993年）

CHAPTER ①
是 緣 是 情 是 童 真

CHAPTER ②
找 到 心 底 夢 想 的 世 界

CHAPTER ③

真本性怎可以改

CHAPTER ④

到處有我的往日夢

CHAPTER ⑤

在某天定會凝聚

推薦序一　　　　葉世榮

　　緣分是一種看不見、摸不到的能量，和王日平導演結緣是我在組成Beyond不久之後的一段歲月，成立Beyond之後我和其他成員認識了很多不同的朋友，他們來自不同的領域，他們有一個共同點就是喜歡音樂，特別是喜歡搖滾音樂。

　　2001年我發表了第一張個人EP唱片，當中有一首歌叫《藍天》，這個時候的王日平已經在電影領域工作多年，我特別邀請他幫忙去完成這個MV的拍攝工作，我認為這首《藍天》的MV應該找一位喜歡音樂，音樂口味與我接近的導演去拍攝會比較有感覺。

　　在認識王日平導演的這段日子裡，我比較深刻的回憶就是在我們拍攝《愛情傳真》這部電影，雖然我在之前有一些拍電影的經驗，可是要我當男主角

真是第一次，壓力相當大，在拍攝過程中王日平導演很有耐心地去教我怎樣把角色演好，和他一起工作是一件很愉快的事情，很有樂趣，他思維清晰，而且很幽默、樂於助人，懂得照顧別人，我還記得他教我很多電影行業裡面的話語，例如什麼導爺、演爺、音爺等等，到現在我還以導爺來稱呼他。

有夢想就要盡力去實現，這是我和王日平導演共同的心態，努力去實現就會有成果，他其中一個成果就是監製了《天水圍的日與夜》這部電影，好評如潮，在當年的香港電影金像獎中獲得了最佳導演、最佳編劇、最佳女主角、最佳女配角等四個獎項；在其他影展亦獲得各項大小的獎項，我也為他而高興。在未來的歲月裡，我衷心祝福王日平導演工作順利，受到廣大影迷和業界愛戴，繼續擁抱自己的光輝歲月。

推薦序二　　　徐錦江

　　閑來無事的下午，突然接到「貓導」呼叫，要我為他新書寫序。一是我倆相交甚久，對彼此比較瞭解，二是對書中的主角，我一直有著某種遺憾，我猜找我寫序，貓導大概出於這兩個原因。

　　任務發來著實緊急，只給我兩三日時間，依著我的習慣，不認真反復思考一番再落筆，總擔心寫得不好。卻又在看到資訊的第一時間，思緒被拉回許多年前大家一起工作玩樂的時光，一下沉浸到回憶裡，那索性就說說我們的過去吧。

　　說起來，「貓導」這個暱稱還是徐菲給取的。那時，我們住在香港，一有空就把年幼的徐菲放去導演家裡，請導演替他補習英文。導演是個愛貓且極有愛心之人，家裡收養了幾只貓，久而久之，徐菲就叫導演為「貓導」，對小孩子來說，他覺得這個有

9

趣的名字好記，我們也就跟著叫，叫著叫著就成了
一種默契。

　　貓導入行歷史甚遠。我們因工作結緣，發現私
下愛好也有很多相通之處，便常「混」在一起。那個
年代，香港樂壇突飛猛進，出現了許多優秀的港樂
創作人，Beyond 樂隊更是紅到家喻戶曉。貓導與
家駒私交甚好，也跟我說過幾次，找時間一起聊聊
音樂，玩玩機車，說來也奇怪，每次約都不成功，
就這樣，我與家駒成了久聞彼此大名卻始終未曾碰
面的「老友」。這就是我開篇說的遺憾。尤記得那日
看到報導說家駒離開，心裡咯噔一下，甚至有種悔
恨——那時，無論如何也應該與他見上一面的。

　　現在的年輕人，可能很多對 Beyond 都有些
陌生，但他們的作品始終被一代又一代的音樂人翻

唱，可見他們的音樂多麼經典、多麼難以替代。
Beyond是港樂歷史上了不起的符號，對我們那一
代乃至後面幾代人來說，有著重要深遠的意義。家
駒的音樂天賦、對音樂的追求，至今都令我深感敬
佩，非常值得年輕人學習。獲知貓導特別寫下此書
紀念他與家駒的時光，我深深懂得，他遠遠不只是
出於對一個老朋友的懷念，《海闊天空》的背後，應
該讓更多人瞭解、銘記港樂人堅毅執著的精神，這
是香港人的驕傲，更是中國人的驕傲。

　　多謝貓導用這個方式讓我
抒發未見到家駒的遺憾，相信
我這位未見面的朋友亦定會感
知，我們對他那永遠的懷念。

2024年5月9日

推薦序三　香港群貓會

　　我們都是聽Beyond大的，但從沒有想過，能與家駒扯上任何關係，而且竟然是因為貓。

　　認識本書作者王日平先生，純粹因為他是愛貓之人，從香港群貓會領養了兩隻小貓。

　　有一天，王先生聯絡本會，說出他將出書記錄與家駒的逸事，並決定扣除必要成本後，收益全數撥捐香港群貓會，以家駒之名。

　　在此我們代群貓貓，感謝王先生，感謝家駒。

寫上每段得失
樂與悲與夢兒

今次寫有關家駒的原意，是想記錄我們之間由認識至成為朋友的逸事及片段，原意真的十分純粹；由於至今的日子已十分久遠，很多事情只能靠記憶記錄下來；亦希望藉此機會作為一個記錄或者是一個紀念……希望讓人更多了解家駒的生活另一面，及作為 band 房一起渡過的朋友們之留念。

我在平時，亦有習慣用文字記錄一些印象深刻的片段，內容部分當然亦有涉及有關家駒及一些自己生活上的逸事；特別在疫情期間，在寫作方面亦比平時的多，以緩解對疫情期的不明朗及無奈。

有一次；在晚飯時間跟一位朋友談及分享了一些我寫作的內容及題材；他特別提出了一個意見及看法：你不妨將家駒的內容寫成書作為大家的紀

念⋯⋯在不久的時間，他已約了他一位做出版的朋友見面，在交流內容時，編輯覺得很有意義，更可以成為事實。當天很快決定了出版的安排。

當我答應此事後，在冷靜下來後，內心突然泛起一陣忐忑⋯⋯我主要是擔心外人說我藉著家駒的名字來斂財*⋯⋯等等的問題。雖然面對了種種疑慮，但我仍是想好好寫作，除了作為我和家駒之間的記錄，也讓他的樂迷，了解舞台下的家駒。

---

* 有關善款捐贈：

筆者一直以來都喜愛小動物，特別是貓咪；自小與貓咪結緣，也收養過不少流
浪貓。有鑑於此，筆者希望透過這次的寫作，將書本的部分收益捐贈給相關的
慈善機構；雖然只是略盡綿力，也真心希望可以幫助到在外流浪的小動物。
筆者在扣除必要的成本後，收益將全數撥捐香港群貓會。出版社亦將捐出部
份收益。
香港群貓會於 2007 年 7 月成立，並於同年 10 月 1 日起成為香港認可的
註冊慈善團體。宗旨：保障貓隻的權益，多方面推廣人與貓在社區和諧共處
的信念，教育飼養貓隻的正確觀念，並透過領養或絕育有效控制流浪貓隻的
數量，以及避免任何不人道對待貓隻的情況。
官網：https://www.catsocietyhk.com/

關於作者

我與電影結緣⋯⋯主要回想起在孩童時期，父親總喜歡帶我進戲院看電影。在記憶中，我接觸過的電影有不同類型的，包括有歌舞片、恐怖片、戰爭片、喜劇片等等。

當時因為年齡太小，完全看不懂影片的內容，但在腦海中一直留下許多不同深刻的影像。可能這方面的影響太深，在中學時自己已在空閒時間主動去戲院看戲，也用暑假工作所賺到的錢購買8mm攝影機和後期的DV攝錄機到處拍攝，對電影方面產生極大的興趣。

在1981年，當知道有關電影課程可報讀後，不加思索便報讀了這兩年的電影課程，並於83年於中大校外課程部第三屆電影文憑課程畢業。在星期六及日的時間修讀每節3小時的電影課程，為期2年。

在這兩年都花了不少時間去上課及製作功課，同時也認識了不少的朋友。

在班上的二十多人中，有些朋友特別友好及投契，所以經常見面及聚會。印象中有：阿本、Frances、阿亮、阿輝、阿 John、蔡文昌、郭春光、Betty、Barbara 等等。也因為大家關係很好，經常組隊拍攝校內功課，同時也認識了不少他們的朋友。

工作方面，在當年有一份十分不錯的工作及固定收入；由於對電影的熱愛及當時剛好有一入行的機會，於是在不太考慮後果的前提下，在1987年進入了電影圈；至今在不經不覺的時光下，在電影圈已工作了三十多年了！

　　曾經歷香港電影工業的黃金時期，也在多年的低潮時期挺過來；除了拍攝電影工作外；亦參與不少的廣告／紀錄片／宣傳片等工作！在1995年首次執導，以《搶閘媽咪》初試啼聲；在電影方面的工作崗位有製片、編劇、副導演及監製！

　　早期擔任製片的電影有《廟街皇后》、《龍鳳茶樓》、《西楚霸王》、《紫雨風暴》等等，在任職策劃的影片還包括有：《女人四十》、《黑色迷牆》、《槍王之王》、《唐山大地震》、《線人》……等。

近十多年擔任監製的電影有：《天水圍的日與夜》、《三條窄路》、《狂舞派》、《末日派對》、《閃光少女》、《遺愛》、《第一爐香》……等。至今曾參與的電影超過六十多部。

CHAPTER ①

是緣是情是童真

第一次見面

　　1985 年當時，我正在一間電器出口公司工作；在收入及職位上也算十分不俗；在離職前的數個月時間；公司將我調職往觀塘的生產工廠；這地方主要是公司電器產品的生產線；員工有二百多人；我當時是代表公司在這裡做管理工作。

　　在工餘時間，我仍經常和電影班的朋友一起聚會和拍片……在這些朋友中，認識了一個新朋友叫 Connie……她是住在銅鑼灣的百德新街的舊樓；此地方有一個特別大的客廳，因此地方亦成為了我們聚腳的地方，我們的活動有打牌、聊天、吹水……等，當時亦認識了 Connie 的朋友 Clarence，他是一個唱片監製，亦是當時樂隊「凡風」的經理人；因此我們的話題中有不少關於音樂上的內容。

　　在一次 Clarence 他提到想介紹我們去看一新

樂隊在明愛中心的表演，形容這樂隊很特別；很有特色，這樂隊名字叫「Beyond」……當時，我們都表示沒有聽過，亦興趣一般……但 Clarence 積極介紹這樂隊，說在完 show 後大家可以一起喝杯東西，介紹大家認識他們。

當晚，我們到達了明愛中心，在演出場地外貼上海報，也有售賣他們自資出版的錄音帶《再見理想》；在場有工作人員熱情推銷……印象中當我問了價格後，心想這麼貴，表情也顯現在臉上……仍記當時工作人員（肥仔中）有些許不滿，但最終還是買下了它；但想不到這錄音帶成為我日後放在 Walkman 內聽得最多的音樂。

因為遲到，音樂會已在進行中，我們便靜靜入場看了餘下的表演……場內音響好大聲好吵，因為歌曲都不認識，所以印象不深……

第 一 次 相 遇

在完 show 後，在附近的地方坐下；經 Clarence 介紹下互相認識了大家，因為大家第一次見面，我有些人連名字也記不下來。當晚有些人很少說話，有些又十分健談；內容上都是圍繞著大家喜歡的音樂、工作上⋯⋯等等的話題，印象中；在座的一個十分熱情、十分健談的人，他就是家駒⋯⋯這晚也是我們的第一次相遇。

仍記得當晚大家交換了電話及 call 機後，之後我和家駒及阿榮經常有聯絡及見面，當時他們各人在日常仍有工作，所以大部分時間都在下班後見面。

至於家強及阿 Paul，當時相對不太熟悉，只在樂隊時有多次交談及交流，自然而然 band 房這個地方也成為大家聚會的地方。這個地方是阿榮家人的物業，因此可以節省不少在外租用練歌場所的

租金。當時除了有練歌的band房外，仍有些地方也租給了一些單身男人居住，因為噪音問題，也發生不少爭執的事情。

在band房內也認識了一些經常在這裡出現的朋友；包括家駒的同學肥仔中，從北京來的朋友阿Mike，阿柏、阿威、阿比、阿Jack、小雲、阿賢、細威、阿勇、阿元、阿龔……等（可能仍有遺漏的朋友），及其他樂隊的朋友們。我們在這裡不用相約，不同時段大家便會自動出現……這個地方除了主要是Beyond練歌的地方外，也變成了大家聚會的地方。

那時候我會不時將一些公司的貨品帶上去送給大家，比如小型旅行燙斗、電髮夾、小型吹風機等電器產品；這些都是公司出口的東西，但日子久了，發現那些東西仍存放很多。之後才發現並不受大家歡迎。

保持聯絡

除了 band 房外，另一個聚會的地方就在尖沙咀美麗華酒店商場三樓的 La Pare Café。這地方除了交通方便外，消費也很便宜。在當時大家不是十分富裕的時候，這裡便可達到我們的要求。當時可以只點一杯熱檸檬茶便可以坐到凌晨一時，直到那店的下班時間。期間因為那杯茶可以不斷加熱水，所以必定要點熱飲才划算。因為那地方平時的客人也不多，所以當時的店員對我們的到來也是見怪不怪的。甚至我們人多的時候，店員會主動為我們拼檯，方便大家聊天。

這地方每晚不論什麼時段上去，必定可以遇上認識的人，除了有家駒他們、band 房的人，亦有不少大家已相識的朋友，如：Herman、思晨、阿 Ming、JoJo、Deanie、Peter、Alan、 阿關……等等朋友。大家不需要預先約定，在上面見

面後，便又一起聊天吹水，有需要時可以自由早點離開，也可以聊到深夜才離開。這是一個十分自由開放的地方。

　　喜歡閒聊的家駒是這裡的常客，他很喜歡結交新朋友，而且會十分主動及友善，所以大家的話題可以談到天南地北，加上他是一個十分有主見及見解的人，每每話題內容都可以聊得十分深入。

不如我哋繼續傾下啦

有一件特別深刻的事……記得有一晚大家如常地在上面聚會，當晚其中一位朋友 Joey 正聊到聖經上的事，內容涉及到有關新約與舊約的問題，我們聊了很長的時間，直至該咖啡店要下班了；當然我們仍未聊完之前的話題，而且當時時間也不早了，大家仍意猶未盡，離開時，家駒主動說：「不如我哋聽晚繼續喺度傾下啦……記住要嚟呀！」

於是，在第二天晚上我們依舊在這個地方出現；當時到來的人並不多，在等待 Joey 時我們正在閒聊……不一會兒，她按時間來了，在點完飲品後，家駒已急不及待了。

家駒：「噚日我哋傾到邊度呀？」好快大家又再次投入話題中；在內容上每當有疑問時，家駒都會提出意見及說出問題所在的地方，互相說了不少例子及引證了大家的見解，過程中提出的疑問並沒有得到解決，現場就像是學生的辯論會一樣。

時間也是流逝得很快，感覺很快便到了咖啡室的時間了，在家駒角度當然意猶未盡⋯⋯在離開時，我們在路上仍然在討論相關的意見及想法。

家駒的檸檬

家駒：「不如返去問一下，仲有邊個人會有更深入研究；搵埋佢過嚟傾吓囉？你睇睇佢聽晚得唔得閒？」

Joey：「你好煩呀！我問一下先啦……」
家駒笑笑口：「記住你哋一定要嚟呀」。

在第二晚，我和家駒已經到達了；如常我們依舊點了熱檸檬茶，我們邊飲邊等中；過了一段時間 Joey 仍未出現，我嘗試打電話跟她聯絡，當時她說正在忙，未必能到……

家駒追問：「點呀？佢嚟唔嚟呀？」
我：「佢肯定唔嚟啦；你咁追問又唔識答你，怕

咗你啦⋯⋯」

家駒：「唔會啩，我哋都係討論問題啫！」

在無結果下，我們又再次聊天⋯⋯

CHAPTER ②
找 到 心 底 夢 想 的 世 界

音樂 VS 家庭

在我們剛開始認識時，話題都離不開談談自己喜歡的音樂、工作、興趣……等等的話題。原來大家都有共同喜歡的樂隊，例如：Pink Floyd、Deep Purple、Led Zeppelin、Queen、John Lennon、David Bowie……好多好多。因為這些樂隊的音樂影響很大，當時很多年輕人都喜歡組成自己的樂隊。

當年我也受到這股風氣的影響，與幾個朋友組成了樂隊……因為大家只是本著一股熱情衝動，便各自選擇了自己在樂隊的崗位後，更購買了自己的樂器。但問題接著是對音樂一知半解，那時候，我們學習音樂的方法是透過音樂的書本、請教懂樂器的朋友等方法去不斷練習……

那時候我家便成為大家練習的地方，因為當時

我家的地方比較大（約有 800 多平方呎）。自自然然便選擇在我家練習。當時我與家人同住，我個人的房間比較寬敞，便整理起來，安置了一套鼓、擴音器、結他⋯⋯等等的樂器。空間勉強可以容納這一切的東西⋯⋯每次練習時便發現了存在很大的問題。首先是沒有隔音設備，聲音影響很大，包括影響了家人及鄰居⋯⋯當時我只顧及自己的興趣，並沒有考慮其他人的感受，而且家人也沒有太大的意見，所以並不察覺問題的存在⋯⋯

新的 band 房

　　有時候，真的快樂不知時日過；忘記了已經過了晚上十一點⋯⋯曾試過有警察拍門要求不要再發出噪音而警告我們，當時母親也勸喻我們不要玩得太夜而影響其他人；此刻才明白到問題的嚴重性⋯⋯

　　當時我們其中一位成員突然給了我一個意見；他建議我在外面的平台自己搭建一個有隔音的band房（註：因為當時我住在北角某大廈的低層；這大廈下面是一間大型的百貨公司，所以低層的住戶都有一個敞寬的平台，當時我估計那地方有二三百平方呎的地方），當得到母親的同意後，我們便找人搭建了一間一百多平方呎的band房。

當結構完成後，我們便自己努力地去貼上隔音板，蓋上地毯，找電工師傅接上電源；安裝冷氣……等工作後，我們便擁有一間屬於自己的私人地方了，這地方日後成為家駒和其他人經常聚會的地方；因為有隔音效果，我們會經常在這裡觀看電影，聊天的私人小天地。回想起來；真的十分感謝家人的包容及忍耐。

自從有了這個地方，我回家後便經常躲進這地方；在裡面可以聽歌、練習結他、看電影……等興趣去消磨時間；而且經常走出房門時原來已經深夜了，家人都已經入睡了；當時我們夾歌的朋友各自都有自己的工作，所以每次來練習都會選擇假日及周末的時段，因為他們來得比較多，所以母親都能

認識到他們，不用每次拍門告訴我有朋友在門外找我，然後我再往外開門讓他們進入。

管理員的投訴

自從認識了家駒他們後，他們也成為了家中的常客。初時，母親並不認識他們，而且有時候他們是分開時段前來，當時便需要經常拍門找我到大門外接他們進入。

印象中，有一次我因為工作很晚才能到家，已約好了的家駒已經到了在大廈外等待。管理處因為保安問題，每晚都會在十一點後需要關上大廈的閘門，需要住客才能進入。

當晚我已盡快趕回去，當到達時家駒他們已在大廈外，並告訴我管理員不讓他們進入，所以只能在街外等待。家駒更投訴管理員的態度很差，又不讓他們入內等待等等。我示意管理員開門後便帶

著大家進入；當時管理員又向我投訴說我的朋友很吵，不是住客又要求進入等等；我只能說不好意思，大家便按電梯回家。

這情況對母親來說已經是見怪不怪了，真的感謝她對我的任性能包容。記得她曾跟我說過我的朋友很吵，而且很晚都留在這裡；又不回家等等，因為有時候他們真的到了早上才離開。漸漸地，母親也認得他們了，他們到訪時也不需要我往大門外接人，而是直接開門讓他們進入。

過了一段日子，我依然記得母親對我說的一句話：「原來你的朋友這麼紅啊！」

① 這是我住北角時，在大露台外所搭建的地方；在某角落上可見存放了當
　年大量的錄影帶

音樂一週主辦

地下音樂會

- 十二月十三日
- 黑色星期六
- 晚上七時半
- 高山劇場

王日平

Video Team

PASS

FROM THE UNDERGROUND

① 在這 band 房，記錄了當時我的樂器、器材和熱血
② 當年在幫忙音樂雜誌拍攝時留下的工作證

蘇屋邨

　　大家都早已知道家駒、家強兩兄弟是住在蘇屋邨這個地方；當年我家住北角，所以我們都喜歡乘搭 112 號的隧道巴士往來這兩個地方，我去家駒那裡更方便，直接到總站便可到達了。

　　我去蘇屋邨的次數不多；主要是約了家駒，有時候是大家交換錄影帶或是約了一起外出；但他往我那裡次數明顯多很多，估計觀看電影比較方便及可以逗留很久，而且我家人都已經認識及習慣了。

　　記得某日去蘇屋邨是中午時間；家裡只有他們兩兄弟，家駒戴著眼鏡坐在小椅子上練習結他中……我將錄好的錄影帶交到他手上；大家又閒聊了一會；他不自覺地又彈起手上的木結他；我只是坐在一旁觀看，主要見他是在練習結他的指法，不一會，我們話題自然又聊到音樂上的事……

大家在交流最近買了什麼唱片？有什麼好聽的歌介紹……等等；但想像不到當時家駒推薦很多古典音樂給我，他接著說很多現在的搖擺歌曲都只是一種固定形式的模式而已；不是夠嘈/夠大聲就是Rock……家駒接著用手上的木結他示範了一些古典結他的指法給我。

　　家駒：「其實古典音樂的變化很大，而且旋律又好聽，如果運用得好，很多地方可以套用到歌曲裡……」

　　家駒繼續介紹有關古典音樂家的作品給我，並推薦我要多聽就會了解他的意思；接著又在唱盤上放上唱片，大家一起去欣賞。

音樂會海報

當年，我們的音樂知識都是透過收音機、電視、音樂雜誌、音樂周刊等地方得知；而且當時很多大大小小的音樂會在舉行，包括很多外國的樂隊、歌手會到香港表演。因為有很多的音樂會在香港舉行，所以當時有不同的表演場地可以看到，比較多舉辦音樂會的地方有：九龍塘的大專會堂、高山劇場、政府大球場、新伊館、北角大會堂、Disco 等。另外一個管道去了解有關音樂上的資訊，是貼滿在街上的宣傳海報。

從旺角至尖沙咀，在香港島是從灣仔到銅鑼灣，每逢周末到假日，路過時都會看見不同類型的宣傳海報，包括有關音樂的、電影的、話劇的等海報貼滿在工地外、銀行外等牆上。當時深入了解後，才知道這樣做是不合法的，有時候當你貼上海報後，海報很快便被撕走，更有人說這工作是被承

包的，不是你付款給他們去做，對方便會撕去。所以有些沒有經費的宣傳海報是自己偷偷貼上的，大家都會爭取在周末及假日去作宣傳，因為到了星期一這些海報都會被清走的。

在香港，很多獨立樂隊都會在高山劇場這個地方作為表演場地。在節目表內，可能一場演出會有幾隊不同的樂隊參與。當年有許多樂隊的誕生，而且各有特色，可以滿足不同樂迷的喜好。印象中包括我所熟悉的Beyond、浮世繪，他們分支的高速啤機，其他的有小島、凡風、風雲、Black Church、Martyr、Ramband⋯⋯

我選擇了Bass

　　我仍然記得我第一次看的國外演唱會，場地是在銅鑼灣的利舞台。表演者是Suzi Quatro，一個彈奏Bass及擔任主唱的女孩。現場氣氛十分熱烈，充滿搖擺的氣息，觀眾十分投入。我也被這氣氛深深感染，深深感覺到搖擺的力量。完場後，腦中仍然充滿那搖滾的音樂。相信也是因為這個原因，我選擇了Bass這個樂器。

　　自此，我更希望能去現場觀看更多的表演。幸運的是，有很多不同的樂隊都有到香港演出，因為這次的寫作；最近再次翻看當時留下來的門票；原來我有在現場觀看的外國樂隊有：Modern Romances；The Girl；Eric Clapton；Don Mclean；The Boomtown Rats；Peter Murphy；Japan；Elton John；Paul Young；

Robert Plant；The Pretender；Santana；America；YMO；Takanaka；Rod Stewart；Siouxsie and the Banshees；New Order；Ian Gillan；Creation；Orchestral Manoeuvres in the Dark(OMD)；Police；Bauhaus；Pink Cloud；Jethro Tull；Roger Waters；Metallica；Cyndi Lauper；Peter Grabel；Depeche Mode……等等；還有在日本現場看的「聖飢魔」……一切的回憶都回來了。

仍記得有一次，在週末的晚上，我有參與幫忙貼海報的工作。因為沒有經驗，心情有些戰戰兢兢。還記得當晚與阿中同行，大家手上都拿著一大卷海報及幾卷膠紙，從太子區的彌敦道出發。在路上剛好遇上了貼海報的人士，他們表現十分專業，手法也十分俐落。一個人用油掃將手上已混好的膠水塗在牆上，另一人將海報蓋上，然後用手一掃已

經很平穩地貼上。而且他們不是只貼上一張，而是有不同類型的海報一一貼上。

我們站在較遠處從後一直在觀看，深怕被他們發現。待他們離開後便走到貼海報的位置，我們站在那裡觀看，看看有什麼合適的地方可以貼上。當然也不合適用海報遮蔽對方的海報，可以貼在的地方只能在較邊的地方了。兩個不專業的人顯得有點手忙腳亂，一個將海報按在需要貼的位置上，另一個撕開膠紙在不同角落上貼上，需要花費一些時間才能完成。

我們沿路走到佐敦，再到對面馬路看看仍有什麼地方需要貼上。在路上，我們又再次遇上之前貼海報的專業人士。原來他們是檢查之前所貼海報的地方是否妥當，是否有被遮擋。我們立即假裝路過，避開他們的注意。可以親身體驗及參與這個過程，這次的經驗十分難得。

音 樂 歷 程

在早期，Beyond 經常會出席一些大大小小的演出。當年樂隊是十分盛行的青年人興趣及活動，可在不同地方都有演出的機會。我曾與他們去了不少大大小小的場地演出，印象中有 AC Hall、新伊館、中環、橋咀島等等。當然，高山劇場相信是所有樂隊比較演出較多的地方。這裡地方不算很大，但是當年是很多不同樂隊演出的場地。

每個樂隊都有不同的特色，有玩重金屬的，有玩迷幻音樂的，有玩死亡搖擺的。可以說是百花齊放的日子，而且各有不同喜愛的支持者。當然，Beyond 亦有不少的支持樂迷去觀看。在這個場地每次的表演，在場的觀眾都是十分投入及表現熱情，氣氛十分好。

當年我正沉迷在攝影及拍片的時段。基本上我每次去觀看演唱會時，都會帶上相機或是 DV 拍下當時舞台上的情境。有些音樂會如果認識主辦機構的話，更可以架設錄影機正式地拍攝。當年在高山劇場的音樂會主題有：Hong Kong Rock Festival、Pop Rock Show、From The Underground I/II/III 等等。在這些表演中，我也拍攝了不少照片及錄影的畫面。

記得當年他們第一次推出唱片進入商業市場後，外界的反應不一，有支持的樂迷，亦有些死硬派樂迷反對，甚至以「搖擺叛徒」相稱。十分奇怪，在音樂上為什麼不能共容及不能並存？

面對批評

在初期這方面,他們被受抨擊的事情,我亦有和家駒聊過。在他的角度,只要有好的作品去證明,大家便會接受他們。日後,在市場上每當有他們作品面世的時候,樂迷便會去支持。到時候他便可以將自己想表達的訊息,自己的音樂風格,慢慢地透過音樂去表達。

當然,這些批評問題並不影響Beyond的創作,他們只會更努力。這方面的成績,相信在日後大家都見證了他們的音樂力量及才華。

亞拉伯跳舞女郎

Beyond 在 1987 年 1 月推出首張 EP《永遠等待》後，隨即在同年 8 月發表首張大碟《亞拉伯跳舞女郎》。為了配合專輯中帶有中東神秘色彩的概念，Beyond 在 10 月 4 日為樂隊舉行一場專場演出，演出主題也定為「超越亞拉伯」，「超越」就是 Beyond 的中文意思。

演出地點則選在 Beyond 曾多次演出的場所高山劇場。當時 2000 張門票被搶購一空，對於 Beyond 這樣一支剛剛起步的樂隊來說，這確實是一個成功的開始。期間還有樂隊每位成員的 solo 時間，其中家駒的木吉他彈奏很有韻味。

① 家駒和家強兄合力彈奏結他及演唱

② ① ③

② 家駒在高山劇場的演出
③ 在家強的伴奏下家駒投入演唱

① ② 家駒另一場在高山劇場的演出

① 此表演場地是當年位於尖沙咀的 Future Disco，服飾
主要配合當年推出亞拉伯跳舞女郎的演出

② 舞台旁都是熱情的歌迷在看著舞台上的表演

①	②
③	④

③ 家駒在舞台上的演出，仿如中東王子
④ 家駒除下頭巾繼續精彩的表演

舊 日 足 跡

1988 年 3 月，Beyond 發行了第二張大碟《現代舞台》，
裡面重新收錄了《舊日的足跡》，還有 Beyond 式的慢版
情歌，如《冷雨夜》、《天真的創傷》等。同年 Beyond
發行了一張《舊日足跡》精選，便在九龍大專會堂舉辦了一
場「Beyond88 蘋果牌」演唱會。

演唱會上，家駒不忍心宣布劉志遠正式退出 Beyond，成員
回復到四人。離開 Beyond 的遠仔則在此之後加入了浮世繪。

在演唱《追憶》中，阿 Paul 長段的 solo 和家駒嗚咽得近
乎哭泣的演唱給人印象深刻；家駒即興演奏《卡門》，讓歌
迷領略略他在結他上的造詣。

最後以《舊日的足跡》作別，同時標誌著 Beyond 五人時
代的終結。

① 家駒和家強在九龍塘大專會堂內的舞台上演出
② 家駒的演出，短髮讓他笑容帶點天真
③ 家駒的結他 solo 非常出色

61

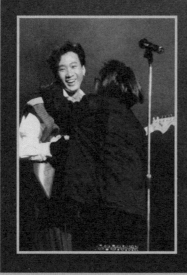

① ② ③   ① 家駒在表演時，突然有熱情歌迷衝上台擁抱他

② 家駒在舞台上傾力演出

③ 家駒在舞台上落力演唱

① 家駒結他 solo 已初顯巨星風範

① 作為主音，家駒有不少演唱的時間
② 家駒在舞台上演出，讓人沉醉……

③ 家駒在舞台上演出，唱快歌時便不用咪 stand

① 又到了家駒結他 solo

②
①
③

② 阿 Paul 的結他獨奏時間
③ 世榮在舞台上忘我演出

①	②
	③

① 家駒那晚即興演奏《卡門》，是這次演出的一大話題

② 家駒自彈自唱的經典時刻

③ 家強、Paul 和遠仔在舞台上同步演奏

④

———

⑤

④ 舞台上，家駒為 Paul 的演唱伴奏

⑤ 家駒正在舞台上高歌，把觀眾的情緒帶到頂點

Beyond 和家駒的

早期演出

1987 年 Beyond3 月 28 日參與了在高山劇場的「328 Power Station」演出。稍後 Beyond 很具中東感的《亞拉伯跳舞女郎》推出，他們的國際歌迷會便於 Apollo 18 Disco 聚會。

1988 年 Beyond 因《大地》這首歌的發表快速走紅。年底 Beyond 為配合《心內心外》寫真圖集做宣傳，故舉行了幾場名為「心內心外」的歌迷連鎖唱聚（演唱會）。除了九龍大專會堂外，還有澳門站和深圳海洋酒店的演出。

1989 年 Beyond 推出專輯《真的見證》。年底舉辦了「威達 Beyond 真的見證演唱會」 值得留意的事已離隊的成員劉志遠，亦以樂隊浮世繪的身份，成為演唱會的嘉賓。

BEYOND
超越亞拉伯派對
I N V I T A T I O N

BEYOND 國際歌迷會第一次聚會
謹定於1987年7月19日下午3時正
假尖沙咀廣東道新港中心第二地庫APOLLO 18 DISCO內舉行
票價：會員半價優待（預訂或即場售票）

BEYOND 國際歌迷會敬約

BEYOND連鎖歌迷唱聚

地點：九龍大專會堂
日期：1988年12月26日
時間：8：00PM 《心外演唱會》
票價：45.00. 《堂座》

0   24

專業音響
SHUEI INTERNATIONAL ENTERTAINMENT ENTERPRISE LIMITED

URBTIX URBTIX URBTIX URBTIX URBTIX URBTIX UR

EVENT 節目   VIVITAR BEYOND IN CONCERT
                感受BEYOND真的見証演唱會

PLACE 地點：   QUEEN ELIZABETH STADIUM
                灣仔伊利沙伯體育館

DATE 日期 Year年 Month月 Date日   TIME 時間   XXXX 附次
                89 - 12 - 11   8:00   PRICE 票價
DOOR/GATE 門口 SECTION 區 ROW 行 SEAT 座號 $200.
        9   AM   8
                                        NO. 5 6 7 8
        HIRE   HIRE
STU=STUDENT 學生   SENR=SENIOR CITIZEN 長者人士

---

②
①
③

① 這是 1987 年推出《亞拉伯跳舞女郎》時國際歌迷會聚會的門票
② 1988 年在大專會堂演出的「心外演唱會」門票
③ 這是 1989 年在灣仔新伊館的演出門票

① 這是家駒在高山劇場 328Power Station 1987 年演出

② 高山劇場 328Power Station 1987 年演出

③ 正在唱歌的家駒，這表演場地是灣仔新伊館

①	③
②	④

① 在綵排時替家駒拍的照片，戴上眼鏡很义青

② 在場內遇上麥潔文的合照。當年家駒為她所寫的歌曲正
是《歲月無聲》

③ 當年在尖沙咀的東急百貨門外的舞台上表演。

④ 當晚，在東急外表演完畢後，與我中大電影班的同學合照。後排左起：
世榮/Paul/遠仔/家駒/家強；前排左起：Barbra/Betty/Connie。

① 舞台上正在唱歌的 Beyond 四子

② 這表演場地，是在中環大會堂外所搭建的表演舞台；Beyond 是當日的表演嘉賓。佈景板噴上「Beyond 放暑假」字句，不知和 1991 年 Beyond 主持和主演的綜藝節目《Beyond 放暑假》是否有關。這是台上的世榮

③ 舞台上的 Paul 及家駒

② ③ ①

④

① 當時中環大會堂外空地，是很多結婚人仕前的拍攝婚紗
照勝地；於是在表演當日，吸引了不少新娘、新郎在旁
觀看；大家在表演完畢後的合照（原本在旁是一對新人，
但因為私隱問題，所以剪裁了）

② 舞台上表演中的 Paul、家駒和家強
③ 正在舞台表演中的他們，這是演奏部份
④ 正在舞台表演中的他們，這次是三人合唱

David Bowie 《Serious Moonlight Tour '83》

1983 年 12 月 7、8 日，David Bowie 在紅磡體育館舉行的兩場，協辦的是時裝品牌 ESPRIT。這是 David Bowie 首次訪港演出，而且更是這個世界性巡演的最後一站。見證了外語音樂文化在香港的黃金年代。

《Serious Moonlight Tour》香港場的門票很快已售罄，當時來捧場的除了搖滾樂迷，或蒲 Disco 的一群，也有不少文藝青年、歌影視名人明星。

① David Bowie 在香港紅磡體育館的兩場演唱會
② David Bowie 在台上表演，但台下也有不少明星觀眾
③ David Bowie 及其樂隊在舞台上的演出
④ 這是 David Bowie 演出時的招牌動作

其他海外著名音樂人

①	③	④
②	⑤	⑥

① Elton John 在 30-3-1984 在紅磡體育館的表演

② 結他之神 Eric 2-12-1984 在紅磡體育館獻技

③ Paul Young 在 3-5-1986 在高山劇場舉行演唱會
④ Peter Murphy 在 14-6-1988 在高山劇場的表演，當年他是十分引人注目及獨特的歌手
⑤ ⑥ The Girls 在 14-12-1982 在北角大會堂舉行演唱會，The Girls 是一隊十分年輕，十分 rock 的樂隊；台上表演充滿力量及活力。

Disco 的日與夜

在八九十年代，年輕人十分喜愛流連的地方，一般會去卡拉OK唱歌，去酒吧飲酒聊天；另一熱門的地方就是Disco……當年最有名的的士高；包括有港島區的Disco Disco，九龍尖沙咀區的Hot Gossip、Catwalk及Canton。

當然每個場所會吸引不同類型的客源，因此在這些的士高場所，內經常有不同的節目及活動吸引客人前來光顧。在場內除了可以飲酒、吹水、跳舞……等基本要求外；我曾參與過的有香港及外國樂隊的現場表演live show，包括「達明一派」的首次演出，亦是在Canton Disco內進行。所以的士高在當年的生意是十分可觀及受歡迎。

Canton Disco位於尖沙咀廣東道的末段，每晚都有大批客人在門外等待入場；除了有pass的人

及嘉賓外，所有其他人都要買票才能進場。場所亦有一個不明文的規定：只要你是名人＼明星到來，都可以免費進場。因此亦間接令這地方聲名大噪……此舉吸引了很多慕名前來的人士到此地方玩，從而變成潮流的場所。每晚在門外，亦特別顧用了幾名高大穿西裝的外國人，負責門外秩序及保安，十分之有外國活動場所的感覺。

我 得 到 Disco 工 作 證

在Canton開業前，透過朋友介紹，我接了一個他們的場地設計項目……就是要設計安裝一個video mixer contro。當時我亦在不完全了解下，膽粗粗答應了承接這項目的工程。在設計前，我找了一個在舊公司對電子工程十分專業的朋友幫忙。

當第一次到場地內參觀及了解要求的時候，便是我第一次踏足這場地。內裡是一個十分寬敞的地方：有一個可以容納多人跳舞的大舞池，有不同間隔的VIP房……等設施。在

設計上他們希望在場內的不同角落裡，都可放上大小不一的屏幕，不間斷地播放著不同的畫面，包括有時裝表演、MV、實驗電影⋯⋯等；在音樂氣氛及煙幕的環境下，營造一個迷幻／前衛的世界。因為這次的合作關係，我們獲得了這的士高的工作人員證，亦代表了我可以隨時進出的方便。

當年的的士高潮流十分火熱，每晚場內都是人頭湧湧，在強勁的音樂及迷幻的燈光氣氛下，大家都十分投入地盡情跳舞⋯⋯雖然場內己是爆滿；但場外仍然很多悉心打扮的人士在等候入場⋯⋯

在各區的的士高情況一樣熾熱，吸引著大量不同的客人。有見及此，有個別Disco嘗試舉辦午間的士高，一般會在周末／周日舉行，希望能吸引更多不同的客源。那時候午間的的士高活動，我們叫它

做「Noon D」。但意想不到，這門生意仍然旺場，
更吸引到一些更年輕的朋友去玩樂。慢慢地也多了
更多地方舉辦 Noon D 這種活動。

我的發達大計

眼見這門生意的成功，我便萌起了一個「貪念」……既然自己跟 Disco 方面熟悉，在這大前提下，不如自己也嘗試舉辦一次？為了有更多經驗及參考，那時段便多去了多晚的士高及其他人士舉辦的 Noon D 活動。在多次的參與過後，自己的信心倍增，於是將這想法告訴另一位朋友，同時與 Canton 負責人商量租場及安排宣傳上的事宜。

我們之前的準備工作，包括通知大家的朋友，在門外貼上設計好的海報；當然在之前的不同晚上也花了不少時間在尖沙咀 / 佐敦 / 旺角……街頭貼了很多宣傳的海報……

時間一天天過去，終於來到了某個星期日的下

午，我和朋友們已經一早到場打點一切，準備客人的來臨……

當場內的音樂響起；燈光效果不斷閃動；煙機也噴出煙霧效果後，便正式讓客人入場的時間了。但意想不到的是，正在門外等候入場的人不多，估計只有二三十人左右。

當時心裡涼了一截，為什麼會是這樣的效果？不是很受歡迎嗎？是否在什麼地方出錯？或是可能其他人遲些才會到吧？心情十分起伏，內心問為什麼付出了這麼多努力，竟然得到這樣的成績……？

我站在街外守候，偶爾有數人進場，但仍然十分不理想。

突然出現的幸福

心想這次一定虧損不少了，想著想著……不遠處人個熟悉的人影出現，竟然是家駒慢慢走近！他向我打招呼，笑笑口道：「阿平，點呀？今日多唔多人呀？」我無奈地搖搖頭：「今次死梗，好少人呀……」

家駒調皮及多計的性格又再次顯現，微笑地提出了意見：「我唔知啲人認唔認得我，不如我哋企喺度，有人認得嘅就試吓叫佢哋入去玩？」（註：當時 Beyond 也稍有名氣，也出了他們的第一張唱片）

家駒本身是一個十分主動及真心地想去幫助朋友的人，此時的他個性更是表露無遺……每當有路人經過時，他刻意提高聲線和我傾談去吸引路人的

注意。有些路過的人，看了看便繼續往前走去，也有些人經過認得他是家駒，十分開心地走近：「你係咪家駒呀？」

家駒笑笑口望著路人：「係呀！你哋去邊度玩呀？」

路人：「冇呀！我哋仲未諗去邊度！周圍行吓……」

家駒：「我朋友喺度搞咗個 Noon D，可以入去玩吓喎！我一陣都會入去玩㗎！」

當他們得知後，感到非常高興，並主動購買門票入場。

我們這種相對幼稚的處理方式一直在門口持續，當然有時成功，有時失敗，但對我們來說，這已經是非常充實和盡力的表現。

過了一段時間，我們也感到站立疲倦，我和家駒便進入了的士高內部⋯⋯強烈的音樂持續響起；有許多人在熱舞中，也有人在飲酒聊天；各有各的精彩！

環顧場內，估計有幾十人，但與我們理想的人數還有一定的距離，但這一刻沒有能夠改變的方法，只能接受現實。

我們點了自己喜歡的飲品後，選擇了一個角落的位置坐下，開始了我們的聊天模式⋯⋯我們的話題內容天南地北，只有聊不完的話題，這一刻關於的士高的問題早已被我們拋到腦後，話題內容也沒有再觸及，時間一分一秒地過去⋯⋯我們在聊天中共同度過了一個快樂的下午！

潮人聖地 Canton Disco

尖沙咀的 Canton Disco 的吸引力蜚聲國際，不但每個週末吸引大量「落 D」常客，梅艷芳、哥哥張國榮、陳百強、何超儀等潮人個個星期都盛裝出席，連外國知名樂隊如 Swing Out Sister、New Order、The Pet Shop Boys 等更曾在此登台演出。這間昔日位於地庫的 Disco，不但見證香港的士高盛世，亦捕捉了當時多位流行巨星的風光。

1986 年，3 月 27 日晚，劉以達與黃耀明在位於香港廣東道的 Canton Disco 內舉行一場小型演出，同時推出第一張 EP《達明一派》，正式出道。

① 當年在此 Disco 舉辦「Noon D」留下的門票，特作紀念

② 這是達明一派首次在 Canton Disco 的演出。

① ② 　① 黃耀明的演出。當年首支推出的歌曲「繼續追尋」。

② 劉以達的結他獨奏表演

CHAPTER ③

真本性怎可以改

觀塘工廠

當年我被公司調派到觀塘這個地方上班；在工作初期比較繁忙，主要學習認識及安排生產線的工作，人手安排的工作；如何保證產品的質量及能按時完成產品，直至順利包裝出口至運送到客戶的地方⋯⋯幸好當時有一位經驗豐富的廠長在這裡打理，從他身上學習了不少知識，合作上也開始有了默契；當工作上能夠掌握上手後，便可以靈活調配自己的時間了。

記得當年在觀塘，距離工作地點不遠的裕民坊，有一間叫「寶聲戲院」，它主要放映港產電影居多，因為交通便利，有時候在下班時會去這個地方觀看電影。我幾次下班後都走去了解一下有關的放映時間及安排。

因為這種便利，我間中利用中午午飯的時段去看電影，特別是一些新上畫又特別想先睹為快的電影。

記得有一個印象十分深刻的經歷：那一次是往那戲院看十二點半的電影，我習慣每次都在附近買些吃的東西入場，以節省時間，而且在座位上會挑選一些較後的位置，方便進食及可以快捷離開。當日我買了一盒咖哩牛肉飯進食，正一邊看一邊吃……過程中不小心打翻了飯盒，咖哩汁沾在衣服上，我忙於收拾及試擦去衣服上的污漬。很不專注地看完了這電影。

　　當走出戲院將手上的飯盒處理後，再看看衣服上的污漬，內心不禁涼了……因為十分顯眼，亦有一股味道，只能匆忙趕回公司，馬上躲進廁所清理……但效果並不明顯，衣服濕了一大片及留有深深的黃色。在當天，我找藉口一直留在房內工作，在下班時候，與廠長商量我有事要先離開（註：因為我和廠長是需要最後離開及需要上班前開門的人，無論是否有加班工作，都需要我們其中一人負責關門，主要是開啟廠房的防盜系統）交接好後，便匆匆趕回家中。

兩 個 人 的 遊 戲

有一次，中午約了家駒一起看電影，也忘記了看的是什麼電影。散場後，家駒告訴我之後沒有什麼去處，我提議不如去我公司坐；之後便一起離去。我們買了些飲品便直接去了我工作的地方。

家駒：「嘩！仲有咁多人做緊嘢呀！」
我（趕忙帶他入我的房間）：「我哋快啲入去坐。」

在房內，家駒好奇地問有關我工作上的內容。因為他性格是一個對身邊的人和事十分關注，社會上的新聞及一些新奇的事物，那時候我們又開啟了我們慣常的吹水模式。過了一段時間，再看看手錶，距離六點仍有一段時間我才下班。

家駒:「仲有兩個鐘至走得,不如我哋搵啲嘢玩下啦?」

我:「哦,有咩可以玩喎?」

家駒想了想,笑笑口:「有沒有玩過碟仙呀?你試過未?」

我點點頭:「有玩過一次,但感覺好恐怖。」

話題一開,我們便又開展了這題目及分享我的經驗。之前同幾個朋友玩過一次,當中只有一人試過;她告訴我們有關玩法,首先要準備一個小碟子,反轉後在碟旁畫上一支箭頭;然後放在一張報紙上,設定一個起點,大家用食指放碟上;然後再請碟仙上來,大家再問自己的問題。玩完後再請碟仙回去。

我強調那次是大家沒有移動下,那碟子真的在動。當時大家的問題差不多都是:「我將來的丈夫/

妻子姓什麼啊？」、「我將來的職業是什麼？」

　　家駒追問：「咁準唔準喎？」

　　我搖搖頭：「真係唔知道，都未發生。」

　　家駒：「咁就玩碟仙。」

　　我：「可惜呢度冇碟嘛！」

　　家駒：「咁不如再玩筆仙，估計都係差不多。」

　　在大家同意下，有關筆是不缺乏的，只欠報紙。我於是走出房門外去尋求報紙；很快我已找到了報紙放平在辦公桌上。接著遊戲便開始了。

　　「筆仙，筆仙，想問下……」

　　在一片歡笑聲中，大家又過了兩個多小時……

估人名遊戲

在band房內，主要是Beyond他們創作及練歌的地方，特別是有表演的前一段時間，他們幾乎每天都在不斷地練習。

經常出現在這地方的人，都是互相認識很久的朋友，二樓後座自自然然成為大家經常聚會聊天的地方。有一晚我如常在工作完畢後上了band房，當時，已有一班朋友在內，慣常大家又在外吹水聊天，當時他們正在內練習中。我沒有進入避免打擾他們的練習工作，因為在外透過控制台，也聽到他們傳出的音樂聲，我如常坐在外面聊天。

在不久後，他們開門出來休息，當見到大家後又加入聊天中；有人叫外賣有人加飲品，打電話落單後，自自然然又再次在嘈嚷中、笑聲中繼續。

我印象中，家駒笑笑口說：「不如俾大家猜個謎語……」

家駒顯得有點尷尬……

家駒：「嗱！謎面係——政府養馬……」

有人：「估咩嘢呀？成語？戲名？」

家駒：「估一個人名……」

接著眾人的問題不斷提出：

「演員定歌星……？」

「男定女……？」

「出唔出名呀……？」

家駒：「主要係唱歌……但係都有拍過戲嘅……，都算出名嘅！」

有人：「係咪男嘅？拍過乜嘢戲呀？」

家駒：「啱⋯⋯男嘅⋯⋯唔講得係乜嘢戲，咁樣好容易猜到⋯⋯」

大家各自說了一些名字；但最終都沒有猜中⋯⋯

「俾啲貼士呀，好難猜呀！」
家駒：「你哋諗下政府呢兩個字，係好大嘅提示⋯⋯」
「政府⋯⋯？乜嘢意思呀？」

大家正向政府方向去想，但仍猜不出所以然⋯⋯

家駒：「你哋諗諗政府部門嘅全名叫咩呀⋯⋯？」

「皇家香港警察⋯⋯皇家香港消防處⋯⋯咁樣即係乜嘢啫？」

家駒（又給了另一個提示）：「你們再想想，馬另外的名字叫什麼？」

今次好快，有人已經衝口而出⋯⋯「哦，我知道⋯⋯答案係──黃家駒！⋯⋯哼！又話係好出名嘅！」

當時大家一陣嘈雜聲，在笑聲中結束了這個話題。我不知道當日在場有多少人，至今仍記得這片段；但到目前為止，這個畫面我仍印象深刻：記得當時家駒的反應及表情。

遊船河和露營

　　我們的活動，除了相約去看電影，有時候會在咖啡店聊天外。另外，遊船河是另一個偶爾會舉辦的活動，主要參加的人大部分是band房的朋友。安排好日期及時間後，我們會相約在碼頭集合。

　　當大家到齊後，遊艇便會開始駛離碼頭往外海方向前進。當到達了目的地後，船會放下船錨停下。此刻，在船上大家便是真正放鬆休息的時候了。有人選擇游泳，有人選擇釣魚，也有人在甲板上躺下曬太陽休息。真的是各有各的喜好。當然，喧嘩的聲音不斷，也是大家平時正常的狀態。

　　記得有一次我們組織了一次露營，印象是在大嶼山的長沙。因為時間太久遠了，當我在家中找到當晚所拍攝的照片後，才勾起那時候絲絲的回憶。

當晚大家到達後便先準備當晚的燒烤。在附近找石頭架起了柴架，用報紙之類的東西去生火，之後將帶來的炭放上去，準備用來燒烤的食物。

　　正常地，大家嘈雜的聲音不斷⋯⋯當差不多吃完時，見到家駒用燒叉將附近的紙皮燃點著，像是奧運聖火般跑步；我便用相機馬上拍下了⋯⋯

　　在我眼中，其實大家便像是一群充滿童真的「大細路」，盡情地玩，盡情地工作；所以有了他們的作品。

大嶼山長沙露營

長沙泳灘因海岸線特別長而聞名，露營的時候可以欣賞到夕陽西下，可以在日出日落的時候到海灘散步玩水。如今露營設備豪華齊全，商家提供了水上活動器材、豐富的燒烤食品、露營用具等，還有專人服務。但 80 年代年輕人去玩，所有物品都得自己準備，是另一種情趣。

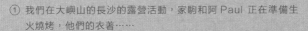
① 我們在大嶼山的長沙的露營活動，家駒和阿 Paul 正在準備生火燒烤，他們的衣著⋯⋯

① ② ① 家駒正在烤爐旁生火中

② 望著燃點的大火，正沉思中，難道家駒又在作新歌

① 家駒舉著他的奧運聖火，不停在奔跑，烈火青春……

小手術

記得當年家駒曾提過喉嚨有點不舒服，大家建議他盡快找醫生去檢查，看看問題是否嚴重……盡早了解是最好的方法。

在安排好後，家駒入住了銅鑼灣的聖保祿醫院；當晚約了阿中等一起去探望他；在前往的路上，家駒致電給我說幫忙買點雪糕給他吃……醫生告訴他會令他舒服及有幫助……雪糕？當時有點不明白什麼意思！

我們下車後，便在附近的便利店買了些雪糕，然後直接上去他住醫院的房間；當時房間內已經有朋友在內。在交談時，家駒聲音有點沙啞，而且聲音有點低沉……他表示今天做了個手術，所以在發聲時有點困難及不舒服……

家駒：「嗯，有無買雪糕人俾我呀？」

我將手上的雪糕交給他；他拿上手後便馬上進
食……

家駒：「好味，真係好舒服……」

當時，家駒從床邊的小櫃桶內取出了一小玻璃
瓶子給我，接著笑笑地說：「你估下呢啲係乜嘢？」

我接過後，放在眼前觀看……內裡是承載著一
些淺黃色的液體，另外有一小塊的肉瘤在瓶內飄浮
中；我們努力地研究中，仍猜不出是什麼？

家駒：「哈哈……係我喉嚨切出嚟嘅息肉……」

當時大家反應好大：「嘩……有無搞錯！咁核
突……」

我們馬上將手中的瓶子放下，不斷叫喧。

家駒：「今日做嘅小手術；休息多兩日就可以出院啦。初期唔好咁大聲講嘢……醫生話如果喉嚨有唔舒服時，可以食雪糕舒緩吓……」

此時，我們終於有了答案；明白為何要買雪糕進食了！

此刻，家駒表示初期有點擔心，因為害怕因為喉嚨的問題而影響了唱歌，現在終於可以放下心頭大石了。

我們在聊了一會後，不想影響家駒不斷的說話，讓他可以有更多時間休息；而且在醫院亦不適宜逗留太長時間，並承諾下次再帶上雪糕給他享用。

家駒新居

在後段時期，因為工作時間上的原因，家駒在太子區band房附近找了一間居所；如果步行前往很方便，估計幾分鐘時間便可以到達了。

印象中某日的上午，我們一行數人從貨Van上搬出幾箱物品；裡面都是家駒的私人物品，正搬往他的新居所；東西有點重，但沿途大家邊講笑，邊搬東西……很快便完成了當天的任務了。

當新居一切安頓好後，家駒邀請我上去探訪，那地方很簡潔，東西都分類得很整齊。家駒給我的印象是一個充滿童真，喜歡觀察，喜歡辯論及有個人魅力的人；另外，認識他的朋友都知道他是一個愛美的人，在這新居內，當他打開櫃桶給我看時；是一排排不同款式類型的戒指；下層另一櫃桶是不同款式的頸鏈，數量也不少。

錄 音 帶 的 小 秘 密

每次到訪，除了一般的閒聊外，他都喜歡介紹他一些寫好的新歌 Demo 給我聽；在他家內櫃桶有不少貼上標籤的錄音帶，寫上不同的代號作分類……在他的創作歌曲中，大部分都是用木吉他彈奏，加上他用啦啦啦或是一些英文歌詞作為臨時歌詞的替代。

在家裡不時拿著木吉他練習也是他平時的習慣，有時候他會用木吉他示範一些新寫的歌給我聽……又問一下我的意見……

我印象中在那些錄音帶上有一盒貼上「Southern all star」，我多口問了一下：「呢盒係日本邊隊樂隊嘅歌？」家駒笑笑口：「呢個只係分類

嘅代號咋⋯⋯」

　　當時，我有一個問題一直想問他：

　　我：「點解你會成日用Walkman聽自己嘅歌？唔係已經好熟悉嘅咩？」

　　家駒：「我要背歌詞呀！咁多首歌嘅歌詞，點會記得曬？要花時間去記先至得⋯⋯」

　　頓時，我恍然大悟；原來是這樣的，就是一直都不明白，他為何一直在Walkman內聽自己的作品。

CHAPTER ④

到處有我的
往日夢

電影-XENOLITH

　　在進入電影圈工作的初期，身邊有很多在浸會修讀電影的朋友，主要認識他們是在 1986 年大家有份參與由關柏煊導演的一部用 16mm 拍攝的獨立電影，片名叫做《一樓一故事》⋯⋯當年阿關找了很多他在任教的浸會學生幫忙；至於我也很榮幸參與幫忙；因為他是我讀中大電影課程時其中一位導師。在過程中，也找了不少在中大課程的同學，和當時在浸會修讀電影的朋友一起幫忙。

　　對一個完全沒有拍攝工作經驗的我，完全不知道如何入手，只有跟大家邊學邊做。在過程中，遇到不少困難，也學會如何變通，如何解決問題。這次整個經驗，對我日後的電影工作有很大的幫助。

　　自此，我便在電影圈中參與製作了一些電影的工作，也累積了一些經驗。

記得有一次，有朋友問我是否願意去幫忙一名在美國讀電影的學生，她回來香港拍攝她的畢業作品；這當然是一個義務及自願幫忙的工作，很快地我們之前在阿關拍攝組的班底又再次組職起來；印象中的朋友有 Alan、Peter、JoJo⋯⋯等人參與；現在他們已經是電影圈內的佼佼者。

Low Bud 電影作品

因為資金有限的條件下，她找了她認識的兩小兄弟作為主要演員，其他的演員有需要時才花費邀請演出，例如戲中飾演他們的父親，便需要一個有經驗的演員。

當時我也被要求在戲中飾演老師一角。主要是因為成績問題，教訓片中的兩兄弟小演員。我仍記得在拍攝當日，我表現得十分緊張，又經常記錯對白……最終是需要用「大字報」放在鏡頭後給我去看；跌跌撞撞下才完成這場戲，我也在此刻才能放下了心頭大石。

當時我們主要的拍攝場地是在黃竹坑邨，主景是戲中兩兄弟的家。至於主要的工作人員是浸會的

朋友，因為用16mm拍攝所以對他們來說比較熟悉；而且當年錄影機拍攝並不普遍，而且用菲林拍攝的質量比較好，之後可以blowup至35mm菲林，適合在電影院放映。

　　因為這畢業作品沒有資金，我經常會找一些朋友前來幫忙，仍記得有兩場戲需要比較多的人在畫面中出現；當時家駒及band房內的朋友二話不說的答應前來相助，回想起真的十分感動……

家駒路人甲

　　某場戲需要幾名在街頭上擺賣的小販及路人。仍記得那天下午，在觀塘某街道上拍攝；我們也準備了一些衣物/什物放在路面上擺賣。那天約了家駒，印象中還有阿Mike、阿中等前來幫忙。當他們到了後，我們講解了一會兒有關的拍攝內容後，便站在一旁聊天等待中。

　　當攝影機放置好位置，接著我們試了一下所有小演員的走位；接著便是正式的拍攝開始了……在畫面中，家駒主動地努力在地攤上叫賣，很符合小販的工作表現，在兩三take後已完成了這鏡頭的拍攝，因為當時的人流不多，沒想像到背景的人物才是焦點；這場戲很順利便完成了，劇組便移去附近的地方繼續拍攝；但家駒完成後沒有離開，跟著我們去拍攝，當然在場的我也是陪著他邊聊天邊工作。

最後一場戲是在當年的啟德機場拍攝，因為日間機場這是一個十分繁忙的地方，也不容許任何的拍攝工作；因此我們申請了在機場人流不多的時段拍攝，拍攝當天已經是深夜時間，但正常的機場不可能沒有人流，所以又邀請了家駒他們及band房的朋友們前來幫忙，這次的任務更加簡單，大家只是負責做背景的旅客；因為工作比較簡單，變相又成為我們在機場的聚會……

每當拍攝開始時，大家就分批從鏡頭的畫面進入……從左至右，又從右至左走動；可以急步走趕時間，可以互相交談行走……等等動作。每次拍攝完，我們便又走在一起聊天，氣氛十分良好，像是在機場的私人派對。當天我有帶上相機；每當空閒不時幫大家拍照，留下了大家很多不同的回憶。

① 深夜的啟德機場，當晚前來幫忙的朋友們。後排左起：Paul /Barbra /
家強 /Betty / 阿 Mike / 朋友 / 家駒 / 饒。前排左起：阿中 /Connie

| ① | ③ |
| ② | ④ |

① 在調整攝影機時,在旁的朋友。左起:阿 Mike 、阿中
和阿關 (導演 / 攝影師)

② 當時拍攝用的 16mm 攝影機;阿中拿在手上作拍攝狀,
在旁的是浸會朋友 Cindy

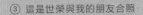

③ 這是世榮與我的朋友合照

④ 當晚在機場內，band 房的朋友在拍攝的空檔時的合照。左起：阿 Jack
/ 阿中 / 阿 Mike / 浸會朋友 Deanie

① ③
② ④

① 到場　忙的 band 房朋友。左起：阿勇 / 小雲
② 當在空檔時，當時大家都很開心合照。左起：Peter / 我
朋友 / 家駒 /JoJo /Deanie /Peter /Alan ；前排是阿中

③ 背景是當年機場的休息區；大家在合照中。左起：我朋友 / 家駒 / 饒
阿 Mike / Paul

④ 家駒和我朋友的合照

香港國際電影節

　　每年一度的「香港國際電影節」，是我們十分期待的節目，每當知道電影節的場刊出版了，便第一時間去取閱。

　　自從小時候對電影產生興趣後，除了經常往電影院觀看不同的電影外，也從不同的渠道去了解更多其他國家的電影。當時加入了不同主題的電影會作會員，包括：香港電影文化中心、火鳥電影會、Studio One……等組織。因為他們會介紹及放映不同國家大師級導演，和世界級經典的電影，自此令自己真的是眼界大開，除了戲院內可以觀看到的電影外，各地有不同類型的電影……加上不同的拍攝手法，不同的說故事及表達方法；原來電影的世界裡可以如此豐富，可以天馬行空地想像……令自己更加沉醉在其中。

我經常會分享一些我自己看過，很特別但又印象深刻的電影情節告訴家駒，他也聽得津津樂道，也加入了很多他的想法及意見。

妖兵大戰古羅馬

我有一印象很深的畫面情節；估計是在讀小學的時期，父親帶我去北角住所附近的戲院看電影。內容是一部古羅馬的戰爭片，畫面是兩軍對壘的戰爭場面。其中一方的軍隊全軍覆沒，但最奇怪的是他們全部復活了……再次找敵方報仇，因為他們已是幽靈，所以戰無不勝……內容上我只記得這部分，並在離開時努力去記住這部很特別電影的名字：《妖兵大戰古羅馬》。

但很可惜的是，日後已經再找不到任何這電影的任何資料了。家駒聽完後也覺得很有趣及奇特，無法想像可以有這樣的故事設計。

當年自從知道了有香港國際電影節後，當取了

相關的場刊，便花好長時間去看他們當年的選片內容，最誇張的是每天可以去看三／四部電影，每天都花時間在交通上。趕往另一個放映場地之間的隔場時間，就只是簡單地買個麵包充飢……再計算一下，平均每年的電影節起碼會選看的電影有二三十部以上，可以算是瘋狂了。

有一次，在電影節期間看了一部題材很特別的電影，它是由世界知名的導演費里尼（Federico Fellini）拍攝的電影《女人城》（City of Women）。當天看完後，印象十分深刻。故事發生在義大利的火車上，一名好色的中年男子盯上了火車上的一名美女。在行程中，美女在一處荒野的車站下車，中年男子不假思索便跟了下車。路上，他跟去了一個只有女性的城市，此刻他暗自歡喜。在過程中，他萬萬沒想到的是他要逃離這痛苦的奇異旅程。

當大家聽過相關有趣的題材後，對電影節的片目開始有了興趣，特別是家駒。每當我取了場刊後，更開始了一起選片去觀看的動機。當然，他們不會像我一樣瘋狂，他們有時候會挑選一些特別的電影一起去看。

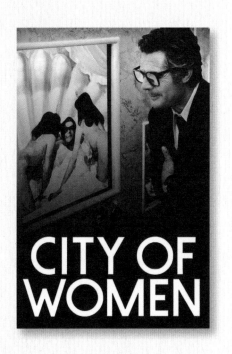

大會堂外互相抱怨

記得有一次我們選了一部在中環大會堂觀看的電影。按習慣，我們需要在二樓電影院外排隊進場。當天在外等待的觀眾人數也不少。進場後，座位是不設劃位的，我們選了較後的位置坐下，等待電影的放映。

當電影放映後約半小時，大家已經按捺不住了，在戲院內見到偶爾有觀眾離場。

家駒（輕聲問）：「知唔知道呢部戲，喺度講緊啲乜嘢呀？」

我：「我都睇唔明，不如睇多一陣先啦。」

印象中這是一部非洲的作品，整部電影都是在

黑夜環境中拍攝，而且節奏十分緩慢。再加上是一
種大家都不懂的語言，我們只能看配上的英文字幕
去解讀劇情。

　　我們在座位上已經開始不斷看錶，時間過得好
慢。又過了差不多半小時後，銀幕上依然是差不多
的畫面，沒有什麼大的變化。

　　家駒：「不如走把啦。」

　　大家都點頭同意，在黑暗的環境中起立慢慢離
去。

　　到了大會堂外的空地，大家開始互相抱怨，並
馬上取出電影節的場刊翻閱。

「係邊個話要睇呢部戲㗎？」

「成套戲都唔知道喺度講緊乜嘢。」

　　大家再看回場刊內的故事大綱，雖然是短短不到一百字的介紹，內文是一個十分吸引人的故事，難怪我們會挑選這部電影。（註：場刊內的故事簡介每一篇都是十分精彩的文字，很值得學習編劇的人士借鏡。）

　　我們一輪七嘴八舌後，大家十分佩服寫故事大綱的人，能用文字讓我們購票進入電影院去觀看。這次的觀影也是大家十分難得的經驗。

電影 － 通天神將

　　在當年，我們有一個共同的興趣是租用錄影帶（VHS）回家觀看。當年最流行的錄影帶店是金獅（KPS），而且他們每區分店很多，每次租用完畢後可以在不同分店歸還。這是他們受歡迎的原因。店內也存有很多不同類型的電影，數量也非常龐大。而且影片分類得十分詳細，包括有：最新電影／愛情／動作／懸疑／恐怖……等等。每次進入店內都花上很多時間去找尋，如同尋寶一樣的心情。

　　有一天，家駒告訴我他看了一部很棒的電影。我一定要看，也想他再dup多一餅錄影帶，方便大家日後再次觀看。當時的人只要有兩部錄影機，其中一部有錄影功能，便可以在觀看時同時便可以錄製另一個拷貝。那時候，我便錄製了不少自己（及幫其他朋友製作）拷貝，當時在家中的藏量也不少。

記得當晚在band房裡，家駒帶來他租回來的錄影帶。電影名字叫做《通天神將》（The Adventures of Baron Munchausen）。他很興奮地將影帶交給我，並補充說：「你快啲攞嚟睇咗先，包保你話正！天馬行空，你一定會鍾意嘅。」（註：我們兩個人都喜歡看一些特別的題材，前衛的手法，構思奇特的電影。）

我離開回到家後，便立刻走回自己的房內，將錄影帶放入機器內，將音響用混音機調好；關上室內的燈光後，便開始了這部電影的觀看。

鬼佬版十兄弟

　　故事是在主角巴隆·蒙喬森伯爵所講述的傳奇故事。故事內容是由主角過去與現實中的交錯，影片呈現著各種光怪陸離的故事情節……電影內的人物有著超能力的千里眼、順風耳、飛毛腿以及大力士，而且角色造型奇特，令人印象十分深刻。

　　影片內的蘇丹國王美麗的皇宮，都在影片中一一呈現，雖然當時技術未成熟，但導演以其高度的想像力和豐富的美術場景，在影片架構上表現出令人驚奇的魔幻世界。例如飛毛腿的速度比子彈還快，可以接到射出的子彈等等……整部電影充滿著奇幻／新奇的氣息；令人觀看時感覺十分賞心悅目，約兩個多小時的電影很快便過去了。

在隔天晚上，我再次去到band房……大家正在閒聊，也有些人正吃著點的外賣。我進入後將錄影帶歸還給家駒；他笑笑口說：「點呀！係咪好正呀……？」

我：「好正呀！我好鍾意呀！特別係……」

我們開始談論影片內的情節，自己喜歡的部分……其他人也加入討論，有人要求借回去觀看……等等。

在大家正聊得熱烈時，家駒突然總結了一句：「呢套電影根本就係鬼佬版《十兄弟》！」有人說：「係嘢！根本就係《十兄弟》嘅設計，鬼佬抄《十兄弟》……」

此話題一開，大家便討論起香港《十兄弟》的粵語長片是什麼時候拍攝的，這部《通天神將》是1988年才上映的電影；肯定先看過之前的粵語長片……等等的問題。

　　此刻大家又再次探討這方面的問題，時間又在不知不覺間溜走了。

破 解 驅 魔 人

而另一套非常著名的電影，我們觀看的情況也很有趣。

記得另一次，我在外面的店鋪買到了一盒用超級 8 米厘膠卷製作的電影——《驅魔人》。那部電影當年十分轟動，曾有報導說，在放映時因為太恐怖，而有觀眾因此死亡的傳聞。又有報導說，當時電影所放映的膠片在每一秒（一秒有 24 格）的其中一格剪了在影片中出現的神像，即放映的每一秒都有一格有神像的畫面。這些傳聞又增添了這部電影的神秘色彩。

當大家知道這些消息後，特別是家駒表示要盡快觀看。很快，大家已經安排了到我家觀賞這部電

CHAPTER ④ 到處有我的往日夢

影。我家這狹小的空間裡已經擠滿了人，估計當時有大約十個人左右。當我接上了音響並安裝好膠片後，關上室內的燈光，現場已經變成了一個漆黑的環境了。

有人製造氣氛，突然大叫，令到大家進入了恐怖的狀態。電影正在放映中，大家都很專注地看著投影的銀幕⋯⋯當時不時有人在談論什麼時候有恐怖的畫面。在旁的家駒拍拍我，指向坐在前面的阿Mike，我望向前，只見他很安靜地坐著，沒有什麼特別情況。

當放映完畢後，大家都不約而同地說：「都唔恐怖，都唔驚⋯⋯」

家駒：「阿 Mike 都唔敢睇……個頭都冇望銀幕。」我終於明白家駒之前的意思了。

大家一輪分享後，家駒突然想起要檢查菲林，想知道是否傳說中的每 24 格有一格的神像？大家在好奇心下將菲林拆開查看。在細心檢查下，並沒有什麼異樣，我們又再一次被傳聞所騙。

電影 – 廟街皇后

這部是劉國昌導演的第二部電影作品，在參與這部電影的工作前期，他是擔任副導演的職位，其中職責的一部分，是尋找（除了主要演員之外）演員，還有戲內其他角色的工作，當然十分期待女主角張艾嘉的演出。

在選角的過程中，我們見了不少新面孔，很幸運地也找到了戲中飾演張艾嘉的女兒，她就是當時仍是新人的劉玉翠，在當年的電影金像獎中獲得了「最佳新演員獎」。在選角的過程中，也找了不少朋友來試鏡；主要過程是我們抽取劇本中，一些角色的部分去表演，然後我們會拍下這些已選取及過濾的片段給導演挑選。

阿 Mike 試咪？

在戲內有一個角色是收數佬，也就是有黑社會背景的人士去找欠債者還款，其中的對手演員有張艾嘉⋯⋯我找了阿 Mike 去試戲，他十分努力地背劇本內的對白做準備；由於他的廣東話不太標準，因此變成了他的壓力⋯⋯他很努力地去嘗試，我們也希望他能被選中，由於語言的問題也變成了這個角色的特色；最終他也是被選中的主因。當這個消息被樂隊房的人知道後，大家都反應很大，也很期待。

在已開拍後的前段時期，又出現了另一個大問題，就是製片組的人集體離職。我們需要在短時間內盡快解決這個問題。導演對我說：「不如你先返去做製片，去處理同解決拍攝上面嘅問題。」我馬上需

要找合適的製作組人手，及檢視製作上仍然有什麼欠缺。最終發現……之後仍未拍攝的場景，竟然全部欠奉，真是一個很大的挑戰。我與導演商量，希望能給我一星期時間去處理。幸好最終都能一一解決。

在拍攝過程中，大家都很投入，彼此的關係良好，感覺大家面對的不只是一份工作，更像是朋友般的友誼。這種關係十分難得，因為大部分電影拍攝工作都是工作，完成了便完成了。

當然，阿 Mike 的演出備受關注。現場他十分緊張，為了記對白又欠缺了演技。越緊張就變得越差。我們希望他放鬆，不要緊張，有些對白不一定要一模一樣，能夠表達出意思便可以了。在不斷嘗試及努力下，終於完成了。他也終於可以鬆一口氣了。當我工作完畢後，上到 band 房，大家都很關

心他的演出。

「拍咗幾多take先至完成呀？」

「有冇俾導演鬧呀？」

「佢做成點呀？似唔似收數佬呀……」

我都有今日

　　大家七嘴八舌地熱烈討論；說一定要去看首映，一定要去看他的演出……不一會兒，槍頭又突然指向我，說要看我做嫖客的演出……等等。

　　那次，導演有一個想法：就是在戲內，所有的男工作人員都要出鏡，飾演不同場面的嫖客。當然我也不能例外；也特別為我設計了一個特別造型。仍記得在拍攝時，當我換好衣服後，大家忍不住偷笑……在正式拍攝時不時聽到忍笑聲音，最誇張的是，在拍攝進行中，突然聽到有人跌下的聲音，原來是有工作人員爬梯到高處去偷看，因為實在忍不住笑而跌下來……

　　這種工作氣氛在拍攝現場經常出現。在拍攝

最後一天，大家都有點依依不捨；所以在拍攝完畢後，幕前幕後的大家都會經常約會吃飯／聚會，這種關係大家差不多維持了幾個月時間。

電影拍攝完成後直到首映的日子終於到了……那天晚上的放映時間是9:30，我們在佐敦某戲院附近等待；因為當時Beyond已經為人熟悉了，所以我們正等大家入場後才進入。當時我們的戲票是該戲院的二樓；入場時場內已經關了燈，電影已經在放映中；大家匆匆坐好位置，正期待阿Mike的演出……

把劇情片看成喜劇

家駒:「仲有幾耐先到阿 Mike?」

我:「未到⋯⋯一陣話你知。」

不一會,我告訴家駒差不多了。大家都集中在銀幕上,當看見了他的出現時,大家都不時發出笑聲。本來不是喜劇,只有我們這裡有發出笑聲。

我們繼續觀看;身旁的家駒問:「仲有幾耐先完?」

我:「估計仲有十幾分鐘左右。」

家駒:「差唔到完就話我知,我哋早少少走。」

影片差不多了,我告訴身旁的大家,之後大家都站了起來,慢慢離開了戲院。在外面時,大家仍

意猶未盡，正在模仿他的演出及對白，一片歡聲中
離去。

　　在不久後劇組的聚會上，家駒及阿 Mike 亦有
與我們一起吃飯聊天。仍記得當晚共有二十多人；
有幕後的工作人員及演員，坐在家駒旁的正是張艾
嘉小姐，他們談得十分投契，像是有說不完的話
題，大家開心用餐，渡過了愉快的一晚。

電影 － 黑色迷牆

　　在 1989 年，香港電影的產量十分龐大，平均每年有二百多部電影的數量。懂電影的人和不懂電影的人都加入這個市場；大家都會感覺電影是一門能賺錢的行業，所以電影的質素也有很大的差別。當時市場上的電影題材五花八門，可以說是什麼題材類型的電影都有；當然動作電影仍是主導，古裝的、奇幻的、艷情片、社會題材的……應有盡有。

　　當年我自入行後基本上都是一部接一部；都沒有停下來，主要是市場上人手需求量大，電影數量多，只要你工作上稱職，能合格完成電影工作上的要求，基本上是不用擔心沒有下一部的電影工作。

　　我剛完成了上一部電影的工作後，很快便接洽了這部電影……一間新的電影公司及一位新的導演，而且製作預算費用也不多，我和其他組員商量後，算是勉強接受了這部電影新的挑戰！

用上自己的關係及人情

這電影在製作過程中十分困難，遇到的問題也特別多。本著一直堅持的原則就是：遇到困難，解決困難……在製作條件不足夠下，用上了很多自己的關係及人情。特別有兩場的處理十分難忘：

第一是在結尾在球場上的打鬥；內容是在球場內兩隊球員正在比賽，男主角一人到場與反派的人見面談判，但原來整個場內所有的球員都是早已安排好的人，雖然兩球隊加起來才二十多人，但資金問題，公司要求我找多些朋友幫忙，其他動作上的處理由武師擔任……

我打了好多電話請求朋友前來幫忙拍攝；幸運地找到了十多名朋友前來協助，在他們角度當時是

前來聚會及到來玩玩；當晚前來幫忙的朋友有：阿
中、阿威、阿 Mike、阿本……等等，回想真的十
分感激他們幫忙。之後在電影上時，畫面內看到很
多相熟的朋友影子亦可以當作紀念。

　　第二場是戲內有一場地下派對，要求在舞台上
有一樂隊在表演唱歌，場內出現的嘉賓要求是有型
有格調的人士，才能顯示這場戲的格調。另一難題
這首歌要在這場戲拍攝前完成，方便這場戲的編舞
老師作準備。

Band 界朋友的支持

公司要求我去找合適的人選及樂隊，我第一時間便想起了 Beyond……當時他們亦是稍有知名度的樂隊，當我在推介他們時，公司已答應了我的建議，但面對的難題又出現了；首先酬金不多，而且要在短時間內完成錄製這主題曲；我當時馬上打電話給家駒，並詳細告訴他有關的要求及細節；好快他便答應幫我這個忙，當晚我便上了 band 房告訴他們有關的電影、故事的情節及內容，待他們先了解更多創作上的方向及細節內容。

那段時間我正忙於電影的籌備及拍攝工作，基本上沒有時間上去 band 房聚會；平時在忙於電影工作時，我亦是一樣不常出現；這方面大家都也習慣了。

印象中，約幾天時間後，收到家駒的電話，告訴我已做了一個Demo；想我交公司職聽及盡快給予意見，如果沒有什麼問題便會盡快錄製這首歌曲了。翌日約了阿Paul取了這Demo的錄音帶後回公司給他們聽……基本上公司方面沒有什麼大的意見，告訴家駒後他們便開始錄製這首《午夜迷牆》的歌曲。正式完成的歌曲比Demo的改善了不少；亦作了一些改動，令這首歌曲更有力量。

在這場戲拍攝前需要解決的另一問題，便是需要在場內出現的有型嘉賓。我又再一次邀請其他樂隊的朋友前來參與拍攝，很高興得到他們的協助。他們是：劉以達、浮世繪的阿柏及遠仔和風雲樂隊……等朋友相助。

台上的專業表現

在拍攝當日，我刻意安排Beyond他們晚一點的時間才到場，讓導演先拍攝其他的場面，主要希望不要耽誤他們太多的時間。那天被邀請的朋友到場後，我忙於招待好他們及感謝他們的大力支持。

當家駒他們到場後，便換好衣服及調整好台上的樂器，然後在各人的化妝工作後⋯⋯家駒私下告訴我今天有點不舒服，想我盡早完成拍攝這部分，可以早點回去休息。我告訴了導演，希望他能幫處理這方面的要求⋯⋯

在正式拍攝時，他們在台上的表演時十分專業；亦達到導演心目中的要求，在不同角度的拍攝後便完成了當天的工作，我馬上安排他們離開後，我繼續在現場的拍攝工作。

① ③

②

① 在電影《黑色迷牆》內的演出。場景是在一間私人會所內的一場表演。

② 電影《黑色迷牆》的主題曲是《午夜迷牆》，在電影內的舞台上正在表演中。

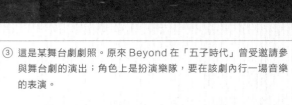

③ 這是某舞台劇劇照。原來 Beyond 在「五子時代」曾受邀請參
　與舞台劇的演出；角色上是扮演樂隊，要在該劇內行一場音樂
　的表演。

劇本創作

我和家駒的話題，少不了都是有關電影的內容，因為大家對電影的喜愛，除了不時交換錄影帶觀看外，亦有相約一起往戲院觀看電影；大家對電影的看法、題材都不時交換意見。

我個人看電影有一個特別的偏愛，就是外國的吸血殭屍片及羅馬軍隊的戰爭片。深入想想為什麼會有這種喜愛，相信一定是在童年的觀影經驗深深地留下；仍記得有一次，我在讀中學的時候，偷偷進入戲院看了一部英國的吸血殭屍片；當時的戲院很大，仍保留了二樓的超等座。當時正在觀看時，突然戲院樓下的座位傳來一陣嘈雜聲，有人在大叫，有人在喧嘩……

後來才發現，原來樓下有一位觀眾因為影片內容太恐怖而嚇暈了！當刻我真有點擔心，我是否應

該因為這電影太恐怖而提早離場⋯⋯但我最後當然堅持看完才離去。這些經驗會經常和家駒分享，大家也都樂此不疲。

還記得，有時候我們會約在晚飯時段⋯⋯因為當時大家都不是很富裕，所以會相約在尖沙咀的茶餐廳見面。但前文說過，考慮到地方要比較安靜，人不多，最重要的是價錢便宜⋯⋯終於我們找到了合適的餐廳。當我們坐下時，先點了熱飲（因為可以加水）；然後會點一個大豬仔包，因為它會切開四 / 五片，然後會跟上一碟牛油；它可以足夠塗上這幾片麵包的；這便是我們的晚餐了。

一般我們會選擇較角落的位置，一來比較清靜，二來比較合適聊我們的劇本創作⋯⋯

三 五 知 己 的 討 論

在我們經常聚會的地方——美麗華酒店商場裡，我和家駒也經常談及電影的內容。再加上有不少從事電影工作的朋友，一切似乎順理成章。當時，另一位好朋友阿柏也是一位十分喜愛電影的人；所以每當大家聚在一起時，話題都離不開電影的內容。有時候，當我們仍想繼續聊下去，但咖啡店又要下班時，我們只好在尖沙咀區再找其他地方繼續⋯⋯

當時我們有一個想法，是自己去創作一個故事，然後拍攝成電影。這個建議大家都十分認同；於是我們都十分投入地去討論⋯⋯每次我們都會拋出一些題材，討論它的可行性和創作性問題。大家都會提出不同的意見：這個故事希望表達什麼？是

否好看？我們也會用曾經看過的電影作例子，看看有什麼可參考的地方，以及有什麼缺點……等等，從各個方向去創作。

在初期，除了我們三人外，劉以達也曾有兩三次一起參與討論；但到後期，因為他工作較忙，又只剩下我們三人，或者是我和家駒兩人。每次我們都花了很長時間去聊。

這樣的時光，度過了許多個晚上……

CHAPTER ⑤

在某天定會凝聚

日本的最後一面

　　當我們第一次知道家駒發生意外的那一刻，心裡想著應該不會太嚴重吧……進一步了解後，得知他在意外後一直昏迷中；加上當時媒體每天報導相關的消息，相信可能不是這麼簡單；泛起了一片擔心的情況……

　　在 band 房內，大家都沒有以往開心說笑的心情，各自的心情都比較凝重，大家都想知道有什麼方法有效用，如何可以幫上忙……記得當時有人說中藥的功效，也未聽過什麼「安宮牛黃丸」這種東西，當時只要有什麼有效的方法都會嘗試去做。

　　每天在電視、電台都有不同的人士送出的祝福語，不間斷 Beyond 的歌曲；感覺整個香港都為家駒祈福，希望他早日康復。每次在外時，我會習慣望向天空，向上天祈求；希望他能儘快醒來。

奉上無盡祝福

當時在 band 房內，有人告知要為家駒 24 小時上香，千萬不能讓香火熄滅，當時商量後便開始在內值班，誰負責幾點到幾點的時段，保證香火一定要長燃著……同時我們也去尋找購買那中藥，那時候才發現市面上並不容易找到，透過一些朋友幫忙終於買到這種中藥，而且價格相當昂貴，但當時並不會考慮這方面的事，重點是能有作用及有效果。

在那個時候前往日本不像現時方便，是需要辦理簽證的，而且需要有公司信、銀行存摺及來回機票等文件，才能申請辦理。我們相約了將會一起前往探望的朋友，一同去日本領事館辦理手續。同時也十分感謝當時的電影公司體諒，讓我可以請假前往日本。

當處理好日本簽證後，我們便相約前往當時仍然在九龍城的啟德機場。印象中當時一起同行的有我的一個朋友、阿中和阿Pal（單立文）等人，在機場等候。在等待大家的期間，很奇怪的是有幾位陌生的女生走近我們。

　　她們：「請問，你哋係唔係去日本探家駒呀？」

　　當時我們感覺十分錯愕，她們是如何知道的？同時，她們手上拿著已經摺好並放在玻璃瓶的幸運星，和祝福用的紙鶴交給我們。

　　她們：「想麻煩你哋幫我哋帶俾家駒……」並取出了一些我們所需要的中藥。

　　我們接過後並表示感謝……

不一樣的日本之旅

當飛機到達日本時，已經是入夜時分；因為
我們並不認識那地方，所以將已準備好的地址，往
外乘搭的士前往醫院。途中心情有點複雜，有點不
知道如何面對的感覺。車上大家都很安靜……在一
段頗長的車程後終於到達了醫院。我們提著行李步
往醫院大門中，在不遠處已經看見有親友在等待我
們……

我們簡單打個招呼後，便帶來的中藥及歌迷
送的紙鶴及幸運星交到他們手上；記得他家人接過
後，很禮貌地說：「多謝你哋過嚟，大家都有心啦！
同埋想同你哋講下……如果大家唔介意，我想大家
喺呢段時間食齋……」我們大家都點頭同意，這並
不是什麼的大問題。

當時大家簡單地聊了一下家駒目前的情況及進展；家人們表示，現時已經夜了，建議大家先回酒店休息，他們亦正準備回去，著明天大家再來探望。

於是當晚我們便各自先回酒店，並相約明天上午一起前往醫院探望；晚上基本上是睡得不好，心裡仍十分忐忑，不知道明天見到家駒的情況；晚上的時間過得十分漫長，好不容易等到了天亮的來臨⋯⋯

病房外等待

　　第二天我一早就起來了，等待相約的時間到來。當時與我同行的那位朋友不能前往醫院，因為當天只有家駒的朋友及家人才能探望；我朋友只能自己留在酒店……而我們便乘的士到達了醫院門外。仍記得當時有一些歌迷坐在醫院外等待，也有一些媒體在外報導及守候；此際我們聯絡了在上面的成員，也忘記了是誰下來接我們上去……

　　我們乘坐電梯上了某樓層，當時上面的大家都是坐在病房外等待，他們並告訴我們這幾天都是這樣度過的，另外醫院也有一些規定的條例，就是由他們安排進入病房內探望，一般會在下午時段，進去前要換上醫院提供已消毒的衣服，並且不能一群人入內，每兩個人一組分批進入，之前兩人出來

後，再換其他兩人進入。

　　我們在外輕輕聊著，並一直默默地等待安排。我們都在談家駒目前的情況，意外發生當時的情形等等的內容，大家都儘量安靜地在外面等待，間中見有醫護人員進出病房。在下午的時間，醫護人員前來並帶上已消毒的衣服，安排我們開始兩人一組進入病房探望，並告訴我們盡量說一些平時大家講的話題，這樣可以刺激家駒的腦神經，對病情會有幫助。

病床上的家駒

當時我被編排了與阿 Paul 一組，在換過衣服後，帶著有點忐忑的心情進入病房。開門進入病房，眼前的家駒躺在病床上，身上附著一些儀器在監察著身體的狀況。他頭部已被包紮著，頭部明顯腫脹，露出的手部也是一樣。

我上前用手摸了他的手，感覺很脹及比較硬，接著便開始對他說話。

我：「家駒，我哋嚟咗喇！你呀，我哋約咗 xxx 去玩呀⋯⋯快啲起身啦⋯⋯」

Paul 也加入話題，我們不斷在說話，希望家駒能聽到。

我留意到，原本在床邊一直很穩定的儀器，此時變得跳動得很厲害；我示意阿 Paul 看看……接著我們不斷地說話；就像平時大家說話的語氣來交流，儀器顯示也有十分大的反應。過了一段短暫的時間，我們需要離開，然後再安排另一組人進去探望。

　　到了外面，我們交流在裡面見到家駒的情況；並告訴他們剛才透過儀器，他的反應很大，估計他知道我們的到來，他聽到了我們的說話，其他人也分享了他們在裡面的情況……我們一直在聊及等待他病情的進展。

　　到了傍晚，我們需要離開醫院，回去酒店了。因為我只向公司請了三天的假，並已訂了明天回香港的機票。離開醫院時，我告訴了其他人我的行程；有什麼消息就通知我，並希望一切安好。

星 星 消 失 的 晚 空 ……

回到酒店後，因為阿中住在附近的房間，所以
比較方便溝通。忘了晚上幾點，他拍門找我說，他
收到有人打電話給他，說家駒剛走了……

當時不知道如何反應！也不相信這是事實！
心裡多麼希望這不是正確的消息，這只是誤傳的訊
息……但現實這就是一個不能改變的事實……

為什麼蒼天如此的不公平？真的是天妒英才
嗎？……就像是一顆天上明亮的星星，突然消失在
天空中……

未完計劃……

當發生這不能改變的事實後，完全不能接受……不想別人問我有關家駒的事；不想接觸相關的新聞報導；不想聽電台的報導及播放的歌曲……

那段時間也沒有再上band房了，只想努力工作去使自己不再想之前的畫面……

在過了一段時間，回想起之前與家駒在聊故事時的片段：當時大家仍是坐在茶餐廳內，依舊喝著熱檸檬茶，吃著豬仔包……

家駒告訴我，他有一個想法，就是當大家完成了手上的工作後，大家一起去一次「絲綢之路」，他心目中是約一個月的時間，自己駕車去遊歷；去創作一集純音樂的概念大碟。

他說他很喜歡喜多郎之前的音樂唱片，例如《天界》、《大地》……等作品；他希望用自己香港樂隊的身份去感受這次的旅程，在途中將大家的經歷作為創作；之後完成旅程後寫成音樂。他亦想我的參與是用影像記錄整個行程；到正式發行時，便可以有音樂及影像了。

當晚，我們聊得很詳細……誰有駕駛牌？如何分工輪流駕車；需要帶上什麼樂器；攝影機/收音的問題……之前要搜集有關當地的資料，行程如何安排，什麼月份會合適，天氣如何，需要帶上什麼合適的衣服……等等；感覺好像在腦海中模擬了一次旅行！

我們當時聊得很開心；又取笑大家都不會開車；開長途車會很辛苦，如何輪班會比較方便，希

望在路上會遇到一些特別的人和事……等等。

直到今時今日，想起來仍有當時聊天的印象……但現實上，這個計劃最終變成了一個不可能完成的任務了……回想起來，很榮幸能認識了這位很談得來的好朋友。

我此時忽然想起一首自己很喜歡他的歌曲；私下我也跟他說過。

《追憶》

作詞：黃家駒　作曲：黃家駒

漆黑空間可否給我點光

冰一般的手不知方向

劃著孤獨寂寞　怕看鏡內我倦容

那破碎蘊藏眼內

嗚……追憶失去的心

眼光是絕望　就像冰封的鳥

嗚……追憶失去的心

強忍著落淚　但願跟她飛去

手中煙圈彷彿打破憂鬱

輕輕的飄出轉轉歡笑

伴著孤獨寂寞

冷雨似在輕撫我

過去那美夢已逝

嗚……追憶失去的心……

好年華 Good Time

我有我心底故事　家駒紀念冊

作　　者／王日平

攝　　影／王日平

文字編輯／顧景然

版面設計／陳沫

國際書號／978-98870542-2-1

初　　版／二〇二四年七月

定　　價／港幣一百六十八元正

出　　版／好年華 Good Time
電郵：goodtimehnw@gmail.com
IG：goodtimehnw
Facebook：goodtimehnw

發　　行／泛華發行代理有限公司
電話：(852) 2798 2220
傳真：(852) 3181 3973
地址：香港新界將軍澳工業邨駿昌街七號星島新聞集團大廈